癡戀您

吳洛曦 著

【1】

熙和的陽光，透過簾隴灑滿室內，鬧鐘尚未響起，芷茹沒一分鐘賴床便彈躍起來。

揉揉眼睛看只是八時正，梳洗過後沏一壺咖啡，烘兩塊多士，開著電話查看十多個訊息。

最意外是藝文雜誌社編輯的留言，他是稀客，所以芷茹馬上按入去看。

訊息寫著：「馬小姐，我們的雜誌即將停刊，最後一期稿費已存入貴戶口，希望後會有期。」芷茹洩氣跌坐在椅上，這已是半年內第三份報章雜誌，或改版或倒閉，一而再再而三失去寫作地盤，讓她的心情霎時變得很灰暗。

再看其餘訊息，摯友莉盈約她今晚飯聚，她想正好宣洩一下，便回覆説好。

之後她上臉書和IG，一如過往有很多加友的邀請，她很審慎的逐一細看，大部分是喪偶的詐騙集團，令她感到很厭惡和滋擾。

驀然，一張非常帥氣的頭像吸引了她的目光，她按入去看詳細資料，是一名與她年紀相若的創作歌手。

帖文內容都是一連串他在酒店餐廳和街頭獻唱的視頻，有幾首標注是國粵語原創歌曲，她好奇地聽罷了，竟然產生了共鳴和觸動，於是罕有地接納了他的加友邀請。

向來只聽古典音樂和歐西流行曲的她，感到有點不可思議。

【2】

電腦開著了半小時，芷茹正為她僅剩的一份報章專欄撰稿，但她沒有寫出幾個字，文思像乾涸了一樣。

此時手機彈出了訊息，那名叫夏志生的創作歌手，傳來一則短訊，說感謝加友並附上電話號碼。

芷茹一改以往冷處理的手法，在WhatsApp上加了他的聯絡，不一刻攻勢馬上便來了。

「芷茹您好。介意我這樣稱呼妳嗎？我是妳的忠實讀者，很喜歡看妳的專欄和小說，可以交個朋友嗎？」

向來有點倨傲的芷茹，沒有告訴他已聽過他的作品，只客套地回應謝謝欣賞之類。

「這個週末下午，我在蘭芳酒店二樓的餐廳表演，妳有空來看嗎？」

面對這般坦然直接的他，芷茹有點措手不及，但對他又有一絲莫名的好感。

「我考慮一下，稍後覆你。」連她自己都不相信會這樣作答，但他的悄然臨到，的確為她今天的鬱悶抒解了少許。

「好的，等妳好消息，不打擾了。」

芷茹沒察覺自己的嘴角，已微微向上翹了。

【3】

芷茹在看手錶，莉盈已遲到二十分鐘了，不明白為甚麼這種壞習慣，就是改不掉。她在喝第二杯雞尾酒之時，莉盈終於上氣不接下氣地出現。

「不要生氣聽我解釋，公司的會議又延長了。」

芷茹當場翻白眼說：「這個藉口也太爛了吧，用了十多年也不改！」

自幼便相識的她倆，可說是敵愾同仇的摯友，芷茹嚕嗦一下並沒有真的怪責之意。

「今餐飯我請客，我們先來開瓶香檳慶祝！」莉盈已一邊揚手呼叫侍應。

「有甚麼好慶祝的？」芷茹大惑不解。

「我升職了，下個月起銜頭是市場策劃總監。」莉盈喜孜孜地公布喜訊。

「啊，那真是可喜可賀。」芷茹衷心地說。

「十年磨一劍，終於出頭了，還加薪百分之二十呢。」在經濟衰退的大環境下有此待遇，殊不簡單。

「但我的專欄又少了一個。」芷茹不想破壞氣氛，但不吐不快。

莉盈聽後馬上捉著芷茹的手說：「不要氣餒，如果經濟有問題，先找份正職作過渡。」

「自大學畢業後，我便開始全職寫作，剛打出一點名堂，便遭逢報社週刊倒閉潮。除了筆耕外，我還能作甚麼呢？」原本自信心滿滿的芷茹，不得不在現實下低頭。

「妳出版的小說散文呢？不是有版稅嗎？」

「現在哪有人看實體書？網絡小說又幾乎是鬼怪色情的天下。」

「讓我想想辦法。有幾個廣告客戶，是做文化產業的，且看能不能讓妳寫些公關手稿之類作兼職。」

芷茹投去一個充滿感激的眼神，一個報喜一個報憂，兩人滔滔不絕，一頓飯吃了兩小時後結束。

【4】

莫小覷白襯衫牛仔褲，芷茹其實悉心打扮過。

一隻款式永不過時的皮帶手錶，配搭一隻純銀手鐲，臉上化的是淡妝，在鏡前顧盼自如很久，才拿起羊皮手袋出門。

彷彿記得上次女為悅己者容，是三年前和前度男友任達光初約會的時候，自半年前分手後，她便失去對鑽研妝容的興致。

今天，她為了一個網上結交的陌生人而費心，連她自己也能感覺到，有點炙熱的額頭在微微沁汗。

她有預感，這天會改寫她的命運。

【5】

餐廳幾乎滿座，她被帶到後排一隅的角落位置。驟眼看只有她是孤身來的，其餘都是成雙成對或三五成群，沒一刻她馬上後悔了。

夏志生身穿湖水藍的上衣和黑色皮革褲，頗有點韓星的味道。最耀眼是他身上掛著的那一支電結他，整個人散發著筆墨難以形容的魅力和型格。

他正準備開始表演，眼光環顧全場，一掃便落在芷茹身上。四目交投的一刻，芷茹覺得有點尷尬，眼睛微微下垂，再抬起頭來已見他開始彈奏。

一口氣唱了幾首粵語流行曲後，他才跟現場的觀眾打招呼。年青英俊的他唱功和台風俱不俗，深得觀眾喜愛，頻頻拍掌以示鼓勵。

然後他的眼光，再次落在芷茹身上並說：「以下這首歌，送給一位文采飛揚的新朋友聽。」

歌的名字叫：「等妳一千個晚上」。

【6】

甚麼？網上結識有這麼好條件又單身的？

他每天早上和晚上都跟我問好聊天，我所有的作品他都幾乎看過。

那又如何？他有表明過他是獨身的嗎？

妳不要老唱反調行不行？

不行，除非讓我先過目。

那麼今個週末，一起去餐廳聽他演唱吧。

一言為定。

芷茹和莉盈在 WhatsApp 傾談的對話。

【7】

「爸媽，我回來了。」芷茹用後備鎖匙，打開鐵閘和大門。

「哦，馬上有得吃了。」媽媽在廚房回應她，在看電視新聞的爸爸起來迎接。

飯桌上已佈滿三菜一湯，媽媽再端出一碟她最愛吃的紅燒牛肉。

小弟從睡房出來，手中仍捧著遊戲機在玩耍。

一家四口坐下來用膳，話不多，但芷茹的感覺很溫馨，很快樂。

飯聚完畢，媽媽又忙於洗碗清潔的工作。芷茹從皮包掏出數張鈔票，給正在品茶的爸爸。

「留著自己用，最近市道不好。」爸爸推搪不肯收下。

「爸爸我還可以，正在找兼職，莉盈也在幫忙。」芷茹把鈔票硬塞進爸爸的口袋。

「姐，妳有沒有看過，這孤獨求勝的網絡小說，有四百萬的瀏覽人次。另外一個野狼在天涯，也有三百萬……」小弟把手機遞過去給芷茹看。

芷茹摸摸他的頭，莫奈何地說：「這些鹽花小說我不會寫呢，你也別看太多。」

之後，芷茹親了母親的額頭一下便告辭。

【8】

芷茹和莉盈結伴來到鬧市中的酒廊，在吧枱前坐下。

莉盈在擠擁的人群中搜索問：「哪個是他？」

「大概還未到。」芷茹也在張望，兩人同時點了兩杯Margarita。

跟著聽到人群中的起哄聲音，見志生提著一把結他上台了。

依然那般帥相的他，忘形地在唱著他的首本名曲，莉盈竟在和唱著，並跟節奏拍起手來。

「果然有魅力，唱功了得又長得那麼英俊，難怪大作家著迷。」莉盈在調侃芷茹。

「妳不要胡說八道好不好？我們是惺惺相惜。」芷茹用手肋撞她說。

「呵呵……惺惺相惜？這用語我上世紀方才聽過。」莉盈不肯罷休，因為她留意到芷茹那久未流露過，情竇初開似的情懷。

兩小時很快過去，台上的志生使出渾身解數，讓台下來捧場的歌迷如痴如醉。

志生走下台跟歌迷合照，芷茹正躊躇著應否上前打招呼，莉盈已一手拉著她，往志生的方向走。

「嗨，夏志生，來張合照。」莉盈竟無視那大堆頭的粉絲包圍，硬把芷茹推往志生的身旁，舉起手機拍照。

只見志生有點手足無措，連雙手都不知擱哪裏好，尷尬地笑著，芷茹也不遑多讓。

「等我一會，別走開。」志生靠近芷茹耳邊，輕輕說。

芷茹微微頷首，拉著莉盈往角落裏站著。

好不容易等到粉絲們全散去了，志生才趨前來跟莉盈握手。

「想不到真是唱家班，有灌錄過唱片嗎？」莉盈彷彿成了芷茹的代言人。

「還沒有，市道不好，正在籌劃中。」志生的眼睛，只注目在芷茹身上。

恰在此時，有一個穿戴隆重年約四十歲的女人走近，志生的面馬上變色。

「可以走了，車已停泊在外。」這女人一邊趾高氣揚地命令志生，另一邊用帶著醋意的眼光打量芷茹和莉盈，令二人好生奇怪。

「兩位是志生的歌迷嗎？我是他的經理人兼女友——白綺薇。」白綺薇鏗鏘有力地宣示主權，志生幾乎抬不起頭，芷茹更加是窘極不知所措。

最後還是莉盈一鼓作氣，拉著芷茹急步離開，芷茹的臉發燙像火燒一樣。

【9】

芷茹很沮喪地返到家中，沿路上莉盈的旁敲側擊，已讓她大叫吃不消了。

她喝了半瓶冰水，感覺是前所未有的失態，自作多情這回事，從未在她身上發生過。

不一會手機傳來訊息了：「可以聽我解釋嗎？」

芷茹其實氣上心頭，恨不得馬上把他刪除掉，但又禁不住想聽他說甚麼。

「沒有甚麼需要解釋的。」她故作大方地回應。

「那是我的經理人也是我的伯樂，是她從街頭發掘我，再引領我進入這個行業。對她，我是報知遇之恩而已。」

芷茹一時語塞，不知如何作反應才合適。

「那很好，祝福您們。」只好言不由衷地說。

「芷茹，不要這樣，我喜歡的是妳！」

萬分錯愕的她張大了嘴，想不到志生竟這樣直接表白了。

「給我一點時間，讓我解決這件事情好嗎？」

芷茹的心頓時懸在半空，這便叫一見鍾情嗎？她從前不相信有這回事呢。

「我很睏，要睡覺了。」她只能以退為進。

「明天我們見面可以嗎？」他鍥而不捨。

「明天再說吧，晚安。」這已是她很大的妥協。而她很清楚，今夜她不會睡得穩，因為志生的而且確在很短時間內，攻佔了她的心房，但她的理智教她把手機關掉了。

【10】

莉盈在戲院外不停看手錶，快錯過開演時間，文俊仍未到。

她用手機傳短訊，問他在哪裏？

誰知他回覆說：有急症走不開，來不了。連一句抱歉也沒有。

莉盈跺足，很生氣地一手撕爛了戲票，這樣的事情已屢見不鮮。

剛要離開，竟碰上市場部的同事林耀君。

他問她：「莉盈，妳來看電影嗎？」

「不，剛路過而已。」不欲丟臉，她撒了謊。

「妳一個人嗎？要不要一起去吃飯？」

莉盈正想找機會發洩一下，便一口答應了。

飯後二人繼續往酒吧買醉去。

【11】

莉盈失魂落魄回到家中的時候，才是早上七時正。

回想昨夜的出軌行為，感到很後悔和難堪。

怒火會埋葬理智，酒精是助燃催情劑。

匆忙脫下衣服去洗澡，彷佛四十度的熱水高溫可洗淨她的罪孽，感覺自己的身體很骯髒。

沐浴後，她頹然坐在沙發上，拿著手機躊躇了很久。

終於提起勇氣，寫了「我愛你」三個字，傳去給文俊，相信他仍在睡夢中。

想不到他馬上回覆說：剛下班，正在回家的路上，問要不要買早餐給她吃？

莉盈幾乎懊悔得要吐血，叫他不要來，快快回家休息。

她用手抱著頭，吞了兩片止痛藥，去床上躺著。幸好今天是週日，不用上班。

約三十分鐘後門鈴響了，已半入睡的莉盈快速起來應門。

門外正是滿面倦容的文俊，提著新鮮熱辣的白粥腸粉。

莉盈撲上去緊緊抱著他吻他，眼眶滿是悔疚和自責的淚，但不能讓他看見。

【12】

芷茹在圖書館消磨了一小時，挽著一大袋書離開。

她很留意手機的動靜，已日落西山，仍未收到志生的訊息。

很想馬上封鎖他以示不滿，但卻捨不得……這種情懷久未出現過。

回到家中，她把手機擱在當眼位置。心神恍惚地入廚，煮了個即食麵作晚餐。

每十五分鐘便檢查手機的響鬧裝置，但靜如死海，連推銷的來電也沒有。

清潔廚房和沐浴後，她終於洩氣了。賭氣地熄掉電話，打開電腦寫作。

但寫了一會，又情不自禁地跳去網站，看志生演唱的視頻。

至凌晨時分她準備就寢，按捺不住重新開著電話，依然沒有任何訊息留言。

一陣落寞的感覺湧上心頭，怎麼像失戀的心情呢？真正是摸不著頭腦。

她吞了顆安眠藥，否則不能安然入睡。

在床上依然輾轉反側，至接近天明才睡著了。

【13】

莉盈在茶水房內沖咖啡，轉個身便碰上剛內進的林耀君。

她刻意迴避，但耀君拉著她的手臂問：「妳為甚麼不回我的訊息？」

她知道，已讀不回是很討厭的事情。

但今次是闖下了彌天大禍，不能一錯再錯。

「你知道，我是有男朋友的。」她非常虛怯地壓低聲線。

「那個外科醫生對嗎？他好像沒有甚麼時間陪伴妳。」他的眼光很不屑，帶點揶揄地說。

她不欲與他討論她的感情生活，但他好像對她的情況瞭如指掌。

「那天我喝醉了……」還未說完他便打斷她的話：「酒醉有三分醒，妳知道我一直喜歡妳的。」

莉盈驚訝地深呼吸一下，就在此時有其他同事入內，她只好飛快地說：「我過一會跟你聯絡。」然後裝作若無其事地離去，心胸卻呯然跳動。

【14】

芷茹收到莉盈的緊急通知，於黃昏後到她家裏。

莉盈很苦惱地將事情說了一遍，尋求芷茹的開解和輔導。

芷茹嘆一口氣，因為自身的情況也好不了多少，她仍掛念著那才見過兩面的志生。

「妳想坦白從寬嗎？」

「當然不！他一定不會原諒我。」跟文俊四年的戀情，已幾乎邁進婚姻的階段，必須要力保不失。

「那麼跟那位林先生說清楚，撇清關係，逃避不是辦法。」

「他人很倔強偏執，好像不願放手。」

「現在甚麼年代？跟他說是一夜情好了。」

「他會覺得我玩弄他……」

「他要這樣想也沒奈何，一定要斬釘截鐵拒絕他。」

「要不要辭職避開他……？」

「妳不要傻！現在求職這麼困難，而且妳剛升職！」

不巧芷茹等待已久的訊息，恰恰此時來了。

【15】

志生在狹小的旅館房間內，焦急地等著芷茹到來。

他在電話內已經解釋得很清楚，用了兩天時間執拾家當，跟白綺薇攤牌。

白綺薇盛怒之下，一夜間把他的工作安排全部截斷。

終於有人敲門，志生飛身躍起。

正是芷茹站在門外，二人深情對望，猶如一對熱戀中的情人久別重逢。

志生主動牽她的手，一切盡在不言中。

愛情，原來可以在不知不覺間醞釀，透過文字或透過歌聲，俱令人神往。

【16】

「這房間已是同區最相宜的了，很搶手的。」經紀帶他們看這區內的第四個單位。

芷茹和志生環顧這個一百二十平方呎的劏房，稱得上是麻雀雖小、五臟俱全，而且衛生情況尚可。

最大誘因是跟芷茹的家相距不遠，亦是志生目前可負擔的預算之內，所以馬上去辦簽約手續。

之後，他們到附近的茶餐廳午膳。

芷茹看著志生滿足地吃著地道的黯然消魂飯，有一點愧疚的感覺油然而生。由千五呎豪宅，瞬間淪落至十分一的空間，令她心痛於他的屈就。

「你會不會後悔？」她含情脈脈地輕撫他的臉。

他捉著她的手吻下去：「能夠和妳在一起，是美夢成真，怎會後悔？」

「以後的日子，可能很苦。」她垂下頭，不敢正視他。

「從前在街頭賣唱，最苦的日子已經捱過了。現時有妳在身邊，我甚麼都不怕。」

他放下筷子，兩手捧著她的臉，那真情流露的目光，再度融化她冰封已久的心。

對的時間遇上對的人，大概便是這個意思，二人的愛火極速蔓延。

【17】

芷茹買了兩個飯盒，和志生喜歡的飲料，用密碼鎖開他的大門。

只見志生在擠逼的空間裏，架起樂譜在作曲。

芷茹連轉身都幾乎有困難，遞給志生一個飯盒。

志生馬上放下結他，把她一拉坐在他膝上，再輕吻一下她的唇。

芷茹把飯盒打開，乾脆一口一口餵他吃。

「今天有好消息嗎？」芷茹故作不經意地問。

志生花了整個星期，跑了十數間酒廊毛遂自薦。

「仍沒有，不要緊，我有些以前夾Band的隊友，會為我留意。妳的小說進度如何？」

他把她抱得更緊了。

「有間出版社簽了約，尚有兩個月要交五萬字，但我仍未動筆呢。」她輕撫他的髮絲，禁不住一看再看他英俊的臉。

「妳不要花太多時間來陪我，要開始寫啊，今次寫甚麼題材呢？」他是芷茹的最忠實讀者。

「寫我們的故事，如何？」她半真半假地說。

「窮小子愛上才女的故事，有人喜歡看嗎？」

「那要看我的功力了。」芷茹絕不妄自菲薄，嘻笑間他們把飯盒吃清光。

【18】

「有個演唱會要找低音結他手，十場酬勞三萬塊，要不要試試看？」昔日的音樂隊友 Jimmy 約晤志生。

「淨彈結他沒和唱嗎？」畢竟唱歌才是志生的興趣和專長。

「這已是個很難得的機會，不要猶豫了。」Jimmy 苦口婆心勸告。

志生的儲蓄存款，只夠他應付未來半年的生活費，肯定是要馬死落地行，放下身段。

「還有，白綺薇在放風，如果你回頭，她會既往不咎。」Jimmy 趨近他耳邊說。

「你若是朋友，便不要再提這事，你到底站在哪一方？」志生大為不高興。

「白綺薇待你不薄呀。她原本已幫你安排灌錄唱片和走埠演出，你為甚麼要錯過這大好的機會？」Jimmy 仍未見過芷茹，只覺志生為一見鍾情，放棄大好前途而不值。

「跟白綺薇一起的兩年，只覺自己是一隻籠中鳥，不懂愛為何物。直至遇上了芷茹，她才是我朝思夢想可結伴一生的人，她給我的創作靈感更勝從前。」志生真情剖白。

「既然這樣，祝福您倆喇。」Jimmy 舉起手中的啤酒，與志生碰杯。

【19】

「芷茹，不得了！」莉盈忐忑不安在電話中說，彷彿聽到她沉重的呼吸聲。

「甚麼事？」芷茹也大為緊張起來。

「我……我懷孕了。」莉盈幾乎是嗚咽著。

「啊，原來這樣。那便結婚囉，文俊一定會負責任的。」芷茹吁一口氣。

「唉……我……但我……不肯定孩子是誰的……。」莉盈的聲音愈來越愈微弱。

這時，芷茹方恍然大悟，醒起莉盈那筆一夜風流的糊塗賬。

「妳跟文俊提過有孕嗎？」事情真是有點棘手。

「昨晚跟他說了。起初他有點愕然，但很快便跟我提婚事了，還說愈快愈好。」

「文俊真是一個好男人，妳打算怎麼辦？」

「我不能把孩子生下來賭這一記，萬一孩子不是他的……。」

「那只有一條路可走，跟他說妳事業剛起飛，不想這麼快做母親。」

「對的，其實我也這麼想，也只能這麼做了，但我真的很後悔和很內疚……。」

「現在談這些已經太遲了，快快亡羊補牢吧。」

芷茹不是認同摯友的行為，但此時此刻必須要力挺她，否則莉盈會鑽入牛角尖，如自焚一樣把自己摧毀。

【20】

文俊一貫地沉默，莉盈更不知如何開口。

幸好這餐廳的燈火不通明，不然莉盈的窘態會盡露。

她終於先打開天窗說亮話：「我想過了，暫時我們保持現狀便好，剛升職仍想大展拳腳……」

「妳的意思是？」

「我的意思是把胎兒打掉，我有高血壓和貧血症，你找個同事一起簽名便成事，不是很簡單嗎？」這麼難堪的事，卻要故作輕描淡寫說出來。

文俊垂下頭，恍似沉思了一會，然後徐徐從口袋裏，拿出一個錦盒來。

盒內是隻一卡拉的白金鑽石戒指。

莉盈又是驚喜又是徬徨，這台戲不知怎麼演下去了。渴望已久的一刻來臨，卻錯落在不適當時候。

「嫁給我好嗎？把孩子生下來，妳不必辭職，孩子將來由我和媬姆負責看顧。」

文俊那柔情蜜意的眼光，很有說服力，教莉盈更加抓狂。

【21】

「我這身打扮真的合格嗎？」這句話，志生已問了至少三遍。

芷茹含笑拖著他的手，踏入升降機。

開門一刻，已聽見屋內的喧鬧聲。

原來是姨媽和姑媽也來了，一屋七個人好不熱鬧。

「志生，請坐請坐。」媽媽很熱烈地招呼，爸爸忙著沖茶，小弟在打眼色。

志生自少被母親遺棄，與妹妹和父親相依為命。但燥狂的爸爸把他視作出氣袋，讓他的童年充滿不愉快的陰影。

姨媽和姑媽在幫助上菜，仍一邊暗暗打量志生。

當全家人都坐下來一起吃飯時，志生竟不覺得不自在，很快便能投入言笑晏晏，有賓至如歸的感覺。

「志生哥哥，你會玩這個英雄無淚的遊戲嗎？」飯後小弟纏著志生不放。

「當然會，已打進第三層了。」志生馬上掏出手機來。

「我們來比拼一下！」小弟下戰書，二人馬上聚精會神交戰起來。

芷茹和家人在旁，甜絲絲地笑看著，爸媽恍似有老懷安慰的感覺。

【22】

「請問你們是不是聘請演唱歌手？」

「你有經驗嗎？」

「有的，我之前在蘭芳酒店、萬華酒店、和艾爾詩酒店的酒廊駐場表演。」

「啊，你便是那個和經理人鬧翻了的歌手？」

想不到流言傳得這麼快和這麼遠。

「我們和白小姐有點交情，不能聘用你。」

志生只好悻悻然離去，這已是業內碩果僅存的一間，附設有現場表演的酒廊。

他有一陣心灰意冷的感覺，走到附近的海濱長廊去散步。

物必先自腐然後蟲生，他和白綺薇的感情，早在芷茹出現之前，已名存實亡。

是芷茹令他下定決心，走出舒適圈尋找真愛，和屬於自己的一片天空。

面對難關重重，但一想到芷茹，他的心馬上寬起來，給她傳訊息約晚飯去。

【23】

芷茹其實並不喜歡下廚，卻願意為志生洗手作羹湯，煮三個家常小菜。

志生到達的時候，手執一束鮮花，芷茹鍾愛的火百合。

「這花很漂亮，但不要再花錢買了好嗎？」芷茹把花插放在水晶瓶內。

志生從後抱著她的腰，頭抵在她的肩膊上，輕輕哼著歌。

「來，我們吃飯了，有你最愛吃的葡國雞和油麥菜。」

「為何我這樣愛妳？」志生仍纏著她不放，芷茹含羞地笑起來。

「百年修得同船渡，千年修得共枕眠，你聽過這典故嗎？」芷茹深情的望著志生。

「只聽過小狐仙的故事，妳便是那隻會勾魂攝魄的小狐狸。」志生打趣地說，一手抱起芷茹親下去。

二人在苦中作樂，勝卻人間無數。

【24】

深夜二時，志生的手提電話響起，他怕吵醒旁邊的芷茹，馬上接過來電。

「夏志生你立即回來，不然我會化作厲鬼找你算賬！」

電話裏的是神智不清的白綺薇，志生被嚇一跳，此時芷茹也醒過來了。

「妳不要胡來，現在夜深了，有甚麼事情明天好好說。」志生用單手擁抱著一臉迷惘的芷茹。

「你要是不來，我會從這層高樓跳下去！」她的聲音已很疲弱，志生判斷她吞服了過量安眠藥。

「好，我現在來，妳等我。」為怕出事故，志生惟有聽命於她。

身旁的芷茹已猜知一個大概，志生正趕忙換衣服，他在芷茹的額頭吻一下：「不要擔心，也不要等我，解決後我便直接回家。」

芷茹看著他憂心忡忡地離去，那裏再能睡，便起來呷了一小杯紅酒，然後坐著看天明。

以寫愛情小說薄有名氣的她，此刻卻能醫不自醫。從未想過當第三者，但真愛臨到時，要放手原來說也不易。

【25】

志生在保安閘外按門鈴，按了很久仍沒有動靜。

最後當值的保安員認得他，主動來開閘。

志生預感白綺薇可能出事了，焦急地趕到單位，嘗試用密碼開鎖，密碼竟然沒有改。大門打開一刻，已見白綺薇口吐白沫，衣衫不整地倒臥在客廳內。

志生大驚之下馬上報警，抱起白綺薇，量度她的氣息和體溫。

約十五分鐘後救護車到了，把白綺薇送去醫院，尾隨的警察為志生落口供。

接著警車一併把志生也送往醫院，等白綺薇洗胃出來後，擾攘間已是凌晨五時，志生有如一夜白了頭。

他步入病房看望白綺薇，她在迷迷糊糊間，呼喚志生的名字。

志生只好趨前，握著她的手說：「我在、我在。」

白綺薇的淚，流滿臉龐腮邊，大概有七分醒了。

志生完全不知如何是好，他極累極惆悵，進退惟谷的局面。

【26】

芷茹看著時鐘，已是早上八點，她一夜未眠等志生報近況。

一分一秒過去，仍未有消息。終於忍不住，傳了個短訊給他，問他在哪裏？

十分鐘後見他已讀，卻一直不回，她由擔心轉為有點氣憤。

她果斷地飛快換過衣服，坐計程車直接上他家去。

入屋竟見他半臥在床上發呆，手提電話就擱在床邊。

「為甚麼不回覆我？知道我有多擔心你嗎？」

憔悴的他從床上坐直起來，垂首不發一言。芷茹靜望他半分鐘，他才開口說：「她是個剛強的女人，想不到她會自殺。」

「她現在怎麼樣？」芷茹深知不能在這時候落井下石。

「她洗胃後甦醒過來，應該沒有大礙。」但志生明顯很內疚。

芷茹站在玄關不動，有點賭氣地說：「你若想返回她身邊，隨時都可以。」

「妳不要這樣，我正在想如何妥善解決這問題。」志生很懊惱地說，身體語言很明顯和芷茹保持著一段距離。

芷茹感到莫大的委屈，倔強的她只拋下一句：「你慢慢想！」便奪門而出。
在走廊上躎足片刻，志生並未有追出來挽留她。

【27】

電話訊息響起，芷茹以為是志生來補救了，豈知是前男友任達光約她見面。

她心情低落，想想有個人陪她說話開解也未嘗不好。但另一方面，又怕他是來再續前緣。

豁出去了。她回覆他現在有空，達光很爽快約她在常去的咖啡室會面。

她比約定時間早到達，守時是她一向良好的習慣。

化了淡妝，穿上端莊的裙子，希望給前度留下好印象。

作為金融才俊的任達光，穿著稱身入時的西裝，神采飛揚的趨近，令她眼前一亮。

當初為甚麼會分手呢？因為他寧願將大部分資金，押在股票基金市場上，也不願買一幢房子和芷茹共譜將來，高瞻遠矚的芷茹只好打退堂鼓。

他坐下點了一杯 Espresso，並沒有多餘的開場白，馬上從公事包拿出一張紫色的請柬來。

芷茹心底暗吃一驚，才分手半年，他已另覓對象並談婚論嫁了？

「下個月十八號，一定要來吃喜酒啊。」他毫不掩飾他的喜悅，絲毫沒顧慮芷茹的感受。

芷茹故作鎮定拿起請柬看，女方的名字彷彿有些印象，但她一時間想不起來。

「這位張小姐，是我認識的嗎？」她鼓起勇氣問。

「我的私人秘書呀，我在股市上大賺了一票，已買下市郊一幢洋房，婚後便搬進去。」他毫無愧意理直氣壯地說，像完全忘卻洗了腦一般，芷茹和他一起三年間共歡樂共患難的日子。

難掩落寞的芷茹，想起那名小秘書常幫忙訂花訂枱，原來早已暗度陳倉。而她，只是為他人作嫁衣裳而已，時不予我，好不失望。

「衷心恭祝您們，但下個月可能和男友一起出門旅遊，再說吧。」她也不甘示弱，無謂再虛情假意作錦上添花之舉。

「儘量吧，淑敏也希望妳來。」芷茹的心房恍似中了槍，小女子一朝得志便想昭告天下，難得達光全程配合，完全不念舊情。

芷茹霍地站起來告辭，眼前的達光已經很陌生，不能再敷衍胡扯下去了。接二連三她的尊嚴受到重創，要趕快回家獨自療傷。

【28】

已經三十小時沒睡覺的志生，接到醫院的通知，趕去接白綺薇出院。

白綺薇臉色蒼白，畢竟比志生年長六歲，加上面有病容，看上去更像姊弟一樣。

志生駕著她的平治跑車，沿途沒有主動交談，白綺薇卻一直在半夢半醒的狀態。

到她居所了，兼職的女傭已煮好一窩粥在旁侍候，志生坐立不安地看著她，虛弱地一口一口吃，狀極可憐，一掃女強人的本色。

三十分鐘過去後，志生想離開，白綺薇一手拉著他，用眼光哀求他留低。

「綺薇，我們之前已說得很清楚，不能再這樣糾纏下去，做朋友不是更好嗎？」累極的志生，想不出任何動聽的說話，不能不直言。

「那女人未出現之前，你不是這樣的！她能給你甚麼？我卻能給你夢寐以求的歌唱事業，和豐裕奢華的生活！」雖然氣若游絲，卻竟然振振有詞。

「但我最欠缺的是愛。」志生明知道這話會傷透她的心，但他已無險可守了。

果然，白綺薇聽罷這話，馬上回復強悍的本色：「你若執意與她一起，我會毀掉你們兩人，或一起同歸於盡！」

志生知道，無法再跟白綺薇理性地討論下去，便決斷地開門離去，聽到身後有大量玻璃摔破的聲音。

【29】

整個上午芷茹手機的訊息幾乎爆滿，因那網上鋪天蓋地的訪問，震撼全城！

白綺薇在家開了記者招待會做直播，吸引了二十多個媒體做採訪。

視頻中的她花容失色，自揭昨天曾服藥自殺，並鉅細靡遺披露了她和志生之間的關係，以及芷茹如何橫刀奪愛做第三者。

這些八卦桃色新聞向來最吸睛，短短兩小時內瀏覽人數已過百萬。

白綺薇這破斧沉舟之舉，擺明是要玉石俱焚！

這時門鈴響了，來的正是失蹤了四十八小時的志生。

芷茹餘氣未消，加上這轟天動地的新聞，令她清純的形象一夜掃地，一息間她不知如何面對。

志生見芷茹反應冷淡，也自知理虧，主動上前擁抱她，但被她一手推開了。

「芷茹對不起，但這艱難時期，請不要生我的氣。」他不放棄再次擁她入懷，緊緊地不放手。

「現在怎麼辦？」她完全六神無主，恍似失了導航儀的飛船在太空飄浮。

「無論甚麼處境，我們一起面對。」志生清晰堅定地答。

一向理性的芷茹，這兩天的思緒完全被感性主導了，原來心底裏，她竟然害怕會失去志生。

幸好他選擇回來她身邊，芷茹的心終於篤定下來。

【30】

在莉盈家裏，三人密謀對策，因芷茹的家門外已有不少記者守候。

本來邀約寫小說的出版社，馬上取消合作。

志生的演唱會角色，也被退掉。

二人陷入前所未有的困境，網上流言四起，瘋言瘋語一發不可收拾。

終於莉盈想出了辦法，以其人之道還治其人之身。

「你們兩人也開直播，而且是有時序地開。志生可演唱，芷茹可說書，以情侶檔做KOL，吸納中產的觀眾。」莉盈不愧是做廣告出身的，市場策劃獻計一流。

「但會有人看嗎？現時風急浪高之際？」志生疑惑地問。

「正是因為現在鬧得沸沸揚揚，才要把握機會，用臉書、IG和YouTube做宣傳平台，網海內沒有甚麼不可能。」莉盈成竹在胸。

「那一定程度上是出賣私隱啊！」素來低調的芷茹不是太願意。

「妳與時並進好不好？這是大勢所趨，而且要給白綺薇一個迎頭痛擊，她實在欺人太甚了！」莉盈字字鏗鏘抱不平。

芷茹和志生相對無言，彷彿這是背水一戰，不能不考慮周詳。

【31】

費盡唇舌終於說服了文俊，莉盈略帶緊張隻身來到醫院。

芷茹吵著要陪伴，也被她勸退了。

換了病人袍，躺在私家房的病床上，她百感交集，護士幫她量血壓。

與文俊的感情一直很穩定，只是他工作真的太忙，許多時莉盈覺得自己不受重視。

但這不是出軌的理由，她不單懊悔得吐血，且將成為終生不可磨滅的污點。

她在想，如果是文俊犯相同的錯誤，她又會如何？

就在此刻，文俊推門進來了，不避嫌捉著她的手吻她額上。

輕言地安撫她，手術很簡單，叫她不用害怕。

莉盈卻想說，千刀萬剮她都不怕，只怕他發現真相。

接著負責手術的醫生到來，先給莉盈麻醉，文俊才靜靜退出去。

【32】

小弟拿著很多紙盒和工具進來，芷茹和志生要合力移開書桌，騰出空間才能妥善安置。

一面拆箱一面裝嵌，有兩枝 LED 燈、腳架、揚聲器和相機等等。

小弟然後很有耐性地，教他倆如何操作並示範拍攝。

「姐，妳要多上 YouTube，看看那些不同類別網紅的表現。」

「但剛開始如何吸引觀眾呢？」芷茹這方面完全欠缺經驗。

「YouTube 上有很多影片，教授如何推廣如何增加人次流量的，你們花點時間慢慢研究。」

「這頻道叫甚麼名字好呢？」芷茹再問。

「姐，妳是才女當然由妳來想，但這頻道是關於你們的故事，名稱便一定要夠吸引和貼題。」小弟恍如一個專家口吻。

芷茹和志生對望一眼，竟不約而同吐出三個字：痴戀您。

【33】

林耀君在公司大樓外徘徊不去，等正在開會的莉盈出來。

四十五分鐘後莉盈終於出現，馬上被林耀君攔下。

莉盈有點驚愕又有點厭惡，斥問他想怎樣？

「想跟妳吃頓飯，談談我們之間的事。」他理直氣壯地說。

「我們之間根本沒有事，有甚麼好談的！」莉盈對於他的不斷滋擾，忍耐已到了極限。

「我的訊息妳不回，電話妳不聽，我在妳心目中一點地位也沒有嗎？」他已有點兒青筋暴現，莉盈害怕起來。

「我跟男友已準備結婚，你可以理智一點嗎？」莉盈放緩語氣，不想進一步刺激他。

「那麼我是妳的玩偶嗎？」他完全失控地，抓住莉盈的雙臂搖晃。

莉盈一邊掙扎一邊說：「你這樣下去，我會報警的！」

她掙脱後，惶恐不已飛快地離開。

【34】

芷茹站在高樓大廈林立的十字路口街頭好一會，有點驚徨不知所措的感覺，因為發現有人隨後跟蹤她很久。

不知道應否繼續前進，抑或與跟蹤者對質。

最後她決定轉身，面向那個跟蹤她的人直接對話，「妳為甚麼跟蹤我？」

那看上去只有二十多歲的女子，自稱是某娛樂雜誌的記者，想要訪問她。

「我知道你們想問甚麼，但我不需要解釋，請妳停止這種行徑，因造成很大的困擾。」

記者不慌不忙地問：「白綺薇單方面揭露你們的私隱，妳不想澄清一下嗎？」

芷茹鎮定地說：「我不為自己所做的事感到後悔，沒有甚麼需要向大眾交代的，請妳離開。」

記者掏出一張名片給她說：「如果妳改變主意，可聯絡我 。」

芷茹有禮貌地收下，然後繼續往下一條街走，有輕微血壓上升的狀況。

【35】

報章的編輯剛打電話來，通知芷茹她惟一剩下的專欄都要停刊了。

芷茹沒有細問原因，心知是因為最近的緋聞影響，很無奈地跟編輯道別。

白綺薇和他們之間的恩怨情仇仍在發酵，網上散播的流言蜚短非常多，甚至在街上認出他倆的路人也不少，令他們感到寸步難行。

聽取莉盈的指引，他們倆開始認真思考，如何建立在 YouTube 上的直播節目。二人不停商量討論節目的內容，一方面如何廣納觀眾，另一方面如何挽救形象，費煞思量。

網上的 KOL 如銀河繁星之多，如何可以突圍而出，兩人真的是沒有把握。

恰好此時莉盈來訊息，相約芷茹和志生一起晚飯，說要介紹文俊給志生認識，芷茹馬上答應了。

【36】

文俊和志生其實年紀相若，但文俊已是業內知名的外科醫生，志生不禁有點自慚形穢。

在寧靜雅致的日本餐廳內，四人談笑甚歡，暫時忘卻了近日的不愉快事件。

「你們甚麼時候請喜酒？」芷茹呷一口梅酒問。

莉盈立即搶著答：「不急，我們從長計議。」

溫文爾雅的文俊，在旁邊微笑著補充：「我是覺得愈快愈好。」情深地牽著莉盈的手。

「其實我們都不喜歡擺酒宴客之類，就是註冊後去旅行結婚便好。」莉盈與文俊對望解釋。

正在此時，竟見林耀君手拖一位妙齡少女，步入餐廳在莉盈不遠處坐下。

莉盈大吃一驚，相信林耀君已看見她，不知道為何會如此巧合。

芷茹看見莉盈的臉色大變，心知不妙馬上打圓場說：「我和志生仍有約，不如結賬離開好嗎？」

志生雖有點納罕，但附和著說好，文俊卻如墮入五里霧中。

但仍然揮手召喚侍應，期間林耀君竟直畢走過來搭訕：「莉盈這麼巧？今天一整日都沒有在公司見到妳？妳的內線也沒有人接聽。」

莉盈滿臉尷尬之色：「今天比較忙，整天在見客。」

林耀君繼續老實不客氣地問：「這些是妳的朋友嗎？可介紹我認識？」

芷茹彷彿意識到是甚麼一回事，迅速為莉盈擋架說：「我們是閨蜜，自少便相識。這是我的男朋友夏志生，至於莉盈的男朋友，你一定聽說過了吧，外科醫生王文俊。」

「啊，大名鼎鼎的王醫生，莉盈常提起，我是林耀君，今天碰巧能會面真是榮幸。」

但林耀君臉上掛著的，是一副悻悻然的表情。

「這餐廳我和女友們常來，甜品也很不錯，吃完再走吧。」他特別強調女友們。

莉盈不知道他到底想表達些甚麼，只想儘快離開，恐防會露出馬腳。

想不到文俊竟主動伸出手和林耀君一握：「謝謝你推介，我們下次來一定品嚐。」

林耀君為之語塞，返回自己的座位前，給莉盈投去一個高度挑釁的眼神。

【37】

志生和芷茹合作花了三天，為 YouTube 直播作了一首主題曲，名為〈痴戀你〉。由志生作曲，芷茹填詞，效果兩人非常滿意。

不懂
為何這樣愛你
愛得無法自拔
愛得理性盡失
愛得痛徹心扉
盼望抽離＊不果
自我放逐＊不捨
午夜夢迴我心碎了
你背影在玄關依舊
驀然回首故人來

輕吻你髮梢一回
伸手抹你臉上的淚
我問為何這樣愛你
你說……

醒轉幻覺一場
緣來從未擁有
緣去已經失守
耗掉一生為他人
我的愛情這缺口
又有誰能補救
天地悠悠我心苦透
敢問誰來愛我
塵世間甚麼樣的愛
情深的我才配擁有
粉碎了的希望盡頭

只知道
原來
我這樣愛你

【38】

寂靜的黑夜，冷僻的長街，一個孤獨的身影在月色下徘徊。

他不停觀看手提電話，不停傳遞訊息，很焦慮地等待回覆。

莉盈的手機傳來一則又一則短訊，但她一眼也不看，感到相當煩擾。

原來一夜情的後遺風波可以這樣大，大到幾乎無法將劣勢扭轉過來。

文俊已求婚，她在想也許應該及早籌備婚禮，以擺脫林耀君的纏擾。

即時她傳了一個短訊給文俊：我們結婚吧。

很意外地收到忙碌中的文俊回應：好極了。

莉盈的心志堅定下來，決意要擺脱林耀君的陰影，跟文俊開展新生活，並暗自承諾自己要傾盡所有愛他，補償她所犯下的過失。

林耀君給她的教訓太大，以致日後她不會亦不敢，再給予第三者任何機會，當然更加不可以行差踏錯。

她一手把林耀君的 WhatsApp 刪掉，然後安然入睡。

【39】

這天芷茹陪伴莉盈下班後，去買一條註冊結婚穿著的裙子。

在名牌時裝店內，莉盈問：「妳和志生的直播甚麼時候開始？」

「已經在準備當中，可以介紹妳公司的設計師，為我們設計一些宣傳海報嗎？」

莉盈答：「當然可以。希望你們一舉成名，成為網紅吐氣揚眉。」

「恐怕沒有這樣簡單呢。」芷茹說：「網絡世界如此浩瀚，不知道有沒有足夠的粉絲支持，我們是摸著石頭過河而已。」

莉盈鼓勵她：「我對你們有信心，一個能唱一個能寫，俊男才女，沒有不受歡迎的道理，竭盡全力便好。」

瞬間莉盈已揀選了三條素色但優雅的及膝裙，分別試穿起來。

穿在莉盈適中的體態身裁上，三條裙子都好看各有風采，所以她慷慨地全買下來，等待回家讓文俊挑選。

【40】

志生站在櫃員機前，很悵惘的樣子，因為戶口結餘只剩下五位數字，他一直拒絕芷茹提出的援助。

前所未有的徬徨，提取了數千元離開後，馬上傳訊息給樂隊領班 Simon，約他在酒吧會面。

到達後，志生開門見山地說：「我的財政狀況出現了問題，手上有兩把 Martin 限量版結他，可以幫忙賣掉嗎？」

Simon 嘆一口氣：「這是你的生財工具，賣掉以後再也買不回來，你捨得？」

志生說：「沒辦法，要應付生活，而且這兩把結他是白綺薇送贈的，我也不想保留。」

Simon 意會了，答應會幫他發放消息尋找買家，同時爽快地寫了一張五萬元的支票給他，說賣掉結他後再扣數。

志生很感激地說：「明天把結他送去你的錄音室。」

返回劏房中，他給芷茹傳了一個訊息，說很累會早點睡，明天再約她見面。

其實志生在那狹小的空間裏，開始感到很憂鬱又有點氣餒，不知道明天的日子如何走下去。

為了愛，他謀然改變自己整個人生。誠惶誠恐地，不怕失去一切，只怕失去芷茹。

心想只要能留著芷茹在身邊，再艱難也要咬緊牙根撐下去。義無反顧，悠然入睡。

【41】

芷茹獨個兒在家中吃了外賣，看過志生傳來的訊息，有點感慨。

回想這兩個月內發生的事情，排山倒海洶湧而來，兩個完全陌生不同背景的人，在不設防的網絡上連繫起來。

愛情在電光火石間發生，那種感覺很微妙很震盪，不能言喻。

向來以理性自居的芷茹，今回是完全壓倒性地失守了。

從沒想過會愛上一個流行歌手，愛火瞬間燃燒起來，和志生兩人彷彿失去理智，瘋狂地互相戀慕著。

沒能計算將來，只能放眼現在，一天一天的過。

但現實是殘酷的，現時兩人俱失去作業的能力，如何能扭轉局勢，在逆境中走出谷底？

【42】

文俊和莉盈的婚期，已訂在下個星期天。

他們決定省卻一切繁文縟節，往大會堂登記註冊，然後兩家人一起吃飯，便禮成。

婚後莉盈會搬進文俊千呎的家裏，所以這個星期開始，她忙著執拾細軟像螞蟻搬家一樣，進駐文俊的家中。

她已手持他家裏鎖匙，今天下班後，便把兩大袋的衣服，放置在文俊為她清空了的衣櫃內。

正在收拾忙亂間，她需要寫一張列表清單，往書桌的抽屜內找原子筆，無意間發現一封文件，吸引了她的注意力。

她在好奇心驅使下細看，之後大吃一驚！心臟急劇跳動，血壓飆升，有點呼吸困難和暈眩的感覺，愴惶離開了文俊的家。

在路上，她打電話給芷茹；沒能說上兩句，已泣不成聲。

「我不能跟文俊結婚了！」芷茹大為詫異，電話中的莉盈，已禁不住放聲大哭，斷斷續續解釋原因，令芷茹也感到莫名驚訝！

世間上，竟有這樣不幸的事情發生！她叫莉盈馬上到她家裏。

【43】

莉盈火速到達芷茹的家，仍然是淚盈於睫。

她將手機拍下的文件照片給芷茹看，芷茹也覺得詞窮了。

「這份驗身報告，是兩星期前做的？」

莉盈嘗試止住哭聲：「是的，就是我告訴他懷孕的時候，他便去驗身了。但報告出來後，他並沒有大發雷霆質問我，而是更加快速度籌備婚禮。他的心，到底在想甚麼呢？」

芷茹嘆氣道：「傻瓜，除了深愛妳，那還有甚麼原因呢？」

「但他已知道我出軌的事情，我不能帶著一個終生的污點嫁給他！」

芷茹說：「不如讓我跟他談談？」

莉盈馬上反對：「當然不好，這是非常私人的事情，只能由我自己去解決。想不到，一子錯，滿盤皆落索……。」

【44】

莉盈很落寞地返到家中，想到原本尚有五天便要結婚，現在卻成了泡影。

她不知道如何開口去跟文俊解釋，自覺羞愧得無地自容，也沒想到文俊會懷疑孩子不是他的。

醜婦終須見家翁，最後她決定寫一封電郵，編一堆不成文的理由跟文俊說分手。

她沒有提及驗身報告的事情，那會觸碰文俊作為男人自尊心的底線。

她只是說思前想後，不想太早被家庭束縛，又不想拖累文俊，所以還是分道揚鑣好了。

一邊打字雙手一邊顫抖，眼淚仍是失控地一直流下來。

寫好後看了一遍又一遍，鼓起最大的勇氣，將電郵傳出去。

之後覺得頭痛欲裂，吞了兩粒止痛片，躺臥在床上胡思亂想。

四年的感情，一息間便化為烏有，完全是因為自己的不羈和不負責任，怪不了誰，這是天堂跌落地獄的教訓。

朦朧間她睡著了，直至聽到有人不斷按響門鈴，她才驚醒起來開門，門外站著的正是紅了眼的文俊。

【45】

志生在芷茹家中一起吃漢堡飽，她把莉盈和文俊之間的事情告訴了他。

「真是意想不到！事情會這樣急轉直下，那真是男人的最痛，莉盈的處境好不尷尬，如何拆解呢？」志生為莉盈感到可惜。

「如果事情發生在我身上，你會原諒我嗎？」芷茹隨口說，志生聽後卻萬二分緊張，馬上放下筷子抱緊芷茹。

「妳不會這樣對我是不是？我是最愛妳的人！」他把芷茹抱得透不過氣來，芷茹忙親親他的臉，他才把手放鬆。

「我是說如果……」

「沒有如果這回事，我會攬著妳跳崖！」

「你以為我們是楊過小龍女嗎？」芷茹憐愛地輕撫他的髮梢。

「總之不可能，妳是屬於我的。不用說十六年，今生今世我也不會放手！上天讓我遇到妳，便是我們的宿命，我會好好愛妳珍惜妳。」

這真是芷茹聽過最好的甜言蜜語，她的心，被完全降服了。

【46】

芷茹和志生的YouTube首播，之前已在各大社交平台做好宣傳，今天開展試演的第一集。

首先播放了志生自彈自唱的主題曲〈痴戀您〉，然後兩人開始閒話家常，志生細說他出道做街頭歌手時的軼事，芷茹則侃侃而談她從事寫作的歷史。

大約二十分鐘過後，收看的觀眾仍只有二百餘人，而且留下很多負面的回應，直斥芷茹做第三者的不當行為。

芷茹和志生感到非常難堪，但又不能中斷節目，志生接續唱了幾首流行歌曲，芷茹則預告下集會有讀書室，推介她心儀的中外名著。

其後首集幾乎是在一片噓聲中結束，二人大感尷尬和失望。

【47】

莉盈看見文俊的一刹，百感交集，有痛徹心扉的感覺。

看著困乏憔悴的他，不知如何安慰。

文俊與她在沙發上坐下，兩人垂首無言片刻，莉盈唯有起來去沖一壺咖啡。

最後文俊終於開口說：「妳發現了嗎？」

莉盈點頭：「你也知道了？」

空氣中瀰漫著無邊的傷痛，文俊再解釋：「我的不育症，是入讀醫學院時已發現，抱歉一直沒有跟妳說清楚，因為怕會失去妳，很自私地本想在適當時候告訴妳。最近檢查是為了證實百分百準確，並沒有懷疑妳的意思。」

莉盈聽罷簡直抬不起頭，開始嗚咽起來：「我錯得很厲害，不能求你原諒，只求你離開，這樣對你才公平。」

「愛情裏沒有公平這回事，只有互相包容，除非你嫌棄我不能生育，否則我不會離開妳。」文俊嘗試擁抱莉盈，但莉盈躲開了，羞愧得無面目見任何人：「別再說下去，帶著這個污點結婚，我們不會有幸福，忘記我吧。」

「是那天在日本餐廳遇上的男人嗎？」

「是誰都不重要，我是個人盡可夫的女人，不配讓你愛上。」

莉盈硬起心腸來，立即去打開大門，請文俊離去，並將求婚的戒指退還給他。

大門關上的一刻，他和她的心，都彷彿同時碎裂了，試問誰能彌補這空前絕後的創傷？

【48】

今天家中的氣氛，有點跟平常不一樣。

父親和母親都很沉默，芷茹明瞭他們受到近期負面新聞所影響，心痛女兒被誣捏抹黑，但又不知如何開解。

志生沒有同行，因自覺不長進，不能面對芷茹的父母，惟有選擇逃避。

小弟在晚飯後，靠在芷茹的身旁跟她說：「你們剛開始做直播，不可期望太高，慢慢累積經驗，粉絲便會儲起來。」

芷茹明知小弟在安慰她，感激地拍拍他的手：「我們會努力堅持下去的。」

再小坐十分鐘後，芷茹便離去，沒有聽到父母同時嘆息的聲音。

【49】

志生在芷茹家中共進晚膳，一邊檢討直播失敗的原因。

除了因為形象負面，也可能因為沒有新鮮的元素可吸引觀眾。

二人仔細地研究，時下的年輕中產，到底喜歡看甚麼？

又同時認為，如何建立新形象更為重要，是當務之急。

「也許我可以在直播時宣布，未來一年小說的版稅，全部捐給慈善團體。」芷茹這樣提出。

志生認為可行，但仍未足夠挽回人心。

二人苦苦思量，距離下次開直播只有三天時間，三天可以做些甚麼呢？

席間志生的手機有訊息傳來，是樂隊領班 Simon 請他去會面，有要事商討。

「要我跟你一起去嗎？」芷茹問。

志生吻她額頭一下說：「不用了，傾談後馬上回家，再給妳打電話。」

【50】

莉盈已喝了三杯威士忌，幾乎醉倒在吧枱前，意識混亂下傳了一則短訊，WhatsApp 已刪掉便改用微信，三十分鐘後林耀君出現眼前。

他看見她的醉態，忙結了賬把她抱在懷裏，召計程車返回自己家中。

莉盈在車內喃喃自語：「我對不起你們，不值得你們去愛，我是一個非常糟糕的女人……」然後放聲嚎哭起來。

抵達林耀君家中，他快速把她安置在床上，莉盈開始嘔吐起來，耀君忙著應付收拾殘局，另一邊燒開水沖濃茶給她解酒。

他一生中從未這樣照顧一個女人，知道自己執迷不悔地愛上她。

解酒後的莉盈馬上昏睡過去，耀君一直靠在她身旁，握著她的手渡過漫漫長夜，至天明一宵未睡。

【51】

志生和 Simon 坐在相熟的酒吧內，共商大計。

Simon 報給他一個好消息，說美國拉斯維加斯邀請他們樂隊前往表演，問志生是否能夠同行？三星期有很豐厚的報酬。

志生遲疑了一會，因為剛開始和芷茹的直播，若現在出門，怕芷茹一人應付不來。

Simon 說這是一個大好的機會，若放棄會太可惜。

志生也認同，但要先和芷茹商量一下。

另外 Simon 告訴他，兩把結他已經順利出售，即場把餘款交給志生。

志生霎時感覺非常雀躍，覺得這應該是一個轉捩點，深信芷茹也一定會贊成。

如曙光初現，久旱逢甘露，志生很高興地回到家中後，給芷茹報喜訊。

【52】

莉盈醒來後，發覺自己身在一張似陌生又躺過的床上，逐漸還原昨夜的記憶。依稀最後一個片段，是她傳訊息給林耀君，叫他去接她。

她的頭痛若裂，撐著起來，聽見耀君正在廚房煮早餐。

原來她和衣躺了一夜，輕輕走出睡房，耀君馬上轉身給他展現一個微笑。

「做了香腸煎蛋，還有多士，合意嗎？」

「我的頭很痛，有止痛藥嗎？」

「空肚不好吃藥，先吃早餐。」耀君細心的把刀叉碟子放置她面前，又沖了一杯特濃咖啡讓她清醒一下。

他坐下來與莉盈一起進食，彷彿二人早已是情侶一般，毫無隔閡，一夜間把形勢扭轉過來。

莉盈則是百般滋味在心頭，昨夜的她是徹底崩潰了，也不能解釋為何那一刻，想起的會是林耀君，也許是因為曾懷育過他的胚胎。

莉盈勉強吞下一些雞蛋，喝了半杯咖啡，一直不言不語。

耀君也沒有強迫她繼續吃，很體貼地遞了兩粒止痛藥給她，便收拾廚餘。

他在清潔碗碟時，不自覺含笑吹哨子，覺得勝券在握。

【53】

芷茹和志生在電話傾談了一會，表明了她支持志生往拉斯維加斯表演，這三星期內的 YouTube 節目，她建議用視像軟件在兩地做直播，可能更有新鮮感。

另一邊廂志生的生日將臨，芷茹想花一點心思，為他送上驚喜。

當芷茹準備就寢時，竟接到文俊的訊息，說要見她一面。

芷茹看看時鐘已是晚上十一時，心想一定是要緊的事，便應約去了一間美國餐廳。

到達後見文俊滿臉于思，像歷盡滄桑的樣子，已有心理準備猜到發生何事。

坐下來點了一杯紅酒，殷切地看著文俊，等他開腔。

「可否幫我勸勸莉盈？讓她回心轉意。」文俊聲音沙啞，應該是缺乏睡眠之故。

「這兩天我沒有見過她，到底發生甚麼事？」芷茹雖略猜到一二，但未窺全豹。

「她把戒指退還給我了，說要分手。今日我打了一整天電話，她都沒有接聽回覆，家裏也沒有人在。」

芷茹沉默下來，這真是燙手山芋，沒想到這等驚世事情會發生在摯友身上，令她也欲辯無辭。

「不如讓她冷靜一下吧，這個現實她也許暫時接受不來。我明瞭她的心情，罪疚感太重了，現階段給她一些空間，以後再細想未來。」

文俊在細嚼芷茹的一番說話，只能認同，拜託芷茹傳遞一個訊息給莉盈，說非卿不娶永遠愛她。

【54】

黃昏日落時分，斜陽映照海濱長廊，莉盈和耀君沿著海濱散步。

海風輕拂迎面而來，有點冷，耀君將外套披在莉盈身上。

沒有多餘的說話，莉盈的切身感受，是她的心房已被掏空了。

耀君到此刻還未弄清楚，為何莉盈會再次找上他，但現時她在他身邊，已覺得心滿意足。

愛情真是一件千迴百轉的事情……

耀君大膽地去牽莉盈的手，她竟沒有掙脫，但她的手心是冰冷的。

「天氣開始涼了，我們去吃晚飯好嗎？」

莉盈不置可否，似個木頭人一樣。

耀君知道要給她時間，沒有多問，二人踏上歸途。

【55】

芷茹在家中利用餘閒的時間，上網學習剪片和做字幕，以便日後為直播做後期製作。

另一方面她很顧慮莉盈的情況，但是她給莉盈發了幾則訊息，也沒有得到回覆。

正在凝神間，手機響起了，正是莉盈給她一個地址，請她前往會面。

芷茹馬上放下手中一切，更衣拿起手袋，迅速離開家門。

到達目的地，沒預料到來應門的竟是林耀君，芷茹不期然流露了一點訝異的神色。

耀君請她入內，端上一杯咖啡後，便很識趣地打開大門離去，讓莉盈和芷茹細訴衷情。

「妳為甚麼會在這裏？」芷茹感到莫名其妙地問。

莉盈的面色很蒼白，不見數天已像瘦了一圈。

「我不知道可以往哪裏去，曾經想過要尋死，需要有人陪伴在身邊，讓我打消這個念頭。」

芷茹從未見過莉盈這般落泊虛弱和神傷，深知道這次打擊太大，極度需要有人扶她一把。

「我明白，但妳現時逗留在他家裏，事情不是變得更複雜嗎？」然後她把文俊約見她，和他要傳遞的說話告訴莉盈，之後莉盈馬上低頭啜泣了。

「妳沒想過可以重新開始嗎？文俊仍是很愛妳啊。」她握著莉盈的雙手，嘗試給她支持和勸勉。

「妳不明白，我豈能終生帶著一個污名嫁給他？讓自己抬不起頭。他今天接受，不代表他十年後也會接受，我們是始終會分手的。」莉盈一語道破。

芷茹心想莉盈的說話也未嘗不是道理，但實在不忍心看著她如此沉淪下去。

「那麼妳跟林耀君現在又是甚麼關係？妳想跟他有進一步發展嗎？」

「他是我現在大海遇溺中的一個水泡，何況我懷過他的孩子，暫時沒有想到其他……。」

躲在大門外沒有離去的林耀君，把她們的對話，都聽得一清二楚了。

【56】

文俊筋疲力竭回到家中，剛做完兩個大手術，都是強迫自己集中精神進行。

莉盈的退婚對他打擊太大，他不知道如何向家人交代，亦知道自己不能如此委靡下去，因為他的職業牽涉人命關天。

他去浴室洗把臉，瞥見睡房的衣櫥裏，仍有部分屬於莉盈的衣物未帶走。

他禁不住拿起手機再傳短訊給莉盈，意料之中她沒有回覆。

他頹然坐倒在床沿邊，反思莉盈出軌的理由，是自己陪伴太少的原因嗎？

因為莉盈過往已三番四次跟他投訴過，可惜他沒有認真看待，現在後悔已經太遲了。

他很重視莉盈，但不得不承認一向是以工作為先，因為深信必須先立業，才成家。

至於她出軌，無可否認是男人的最痛，但他願意寬宏大量原諒她，並重新開始。

但此刻，如何可以力挽狂瀾於既倒呢？

一息間，他沒有答案。

【57】

耀君在公司門外等候莉盈，他早前已跟她相約好一起晚膳。

莉盈的思緒依然起伏不定，耀君對於她來說，只是一個暫借的肩膊和避風港，讓她在風高浪急和驚濤駭浪中，可稍事借膊歇息一會。

因為她知道這個非常時期，如果身邊沒有人陪伴作她的定海神針，她會迅速崩塌下來。

但跟耀君這種曖昧的關係，又會衍生出甚麼樣的後果呢？

她暫時沒法想像，只是苟且偷生一樣，直至她可以將文俊淡忘。

瞬間電話又響起訊息，一看正是文俊想約她會面。

這兩天來她已接收過不下十數次，仍是狠下心腸，已讀不回。

耀君一直牽著她的手，但感應不到來自她的愛，他知道需要更大的耐心，才有可能贏得莉盈的芳心。

他滿肚密圈又志在必得，相信只是時間的問題，他對自己充滿信心。

【58】

志生尚有兩天便會上路往拉斯維加斯，芷茹和他提早慶祝生日。

他們在相熟的日本餐廳內用膳，芷茹給他打氣。

說今次的國外演出可能是契機，會給他帶來更多工作的機會，叫他不用掛心香港的事情。

用餐完畢後，芷茹說要給他驚喜，生日禮物放在家裏，志生便陪同她返家。

大門打開那一刹，志生已瞥見那兩把名貴的結他，放置在廳中當眼的位置。

志生果然驚喜不已：「原來妳便是買家，這兩把結他所費不菲啊！」

芷茹從後抱著他的腰說：「那天去你家發現不見了這兩把結他，猜想到大概，便主動聯絡 Simon，這是你的謀生工具，豈可失去？」

「我欠妳的日後一定雙倍償還。」失而復得的感覺很棒，感情如是物質如是，志生轉身抱緊她，吻下去。

這便是靈犀互通的悸動。

【59】

莉盈自覺情緒不穩，暫未能應付繁重的公事，遂向公司請假一星期，後患不可謂不大。

耀君藉此機會大獻殷勤，下班後頻繁來看她，並照顧她的起居飲食，希望能藉此奪得美人歸。

莉盈以無可無不可的態度應對耀君，但不代表她要馬上開展另一段戀情，跟文俊硬生生的分開，是痛不欲生的體驗。

彼此相愛如此深的兩人，竟無法結合，是一闕愛情的輓歌。

但能怪誰呢？這不是她自己種下的惡果嗎？

她愈是自責愈是痛苦，不知如何可以跳出這個苦海深淵。

耀君在他面前晃來晃去，只像個影子一般虛幻，莉盈並不想利用他，只是無法自拔。

愛情兩個字，真的很辛苦……

頃刻，莉盈又醉倒在沙發上，服侍週到的耀君勸止不了，只能在旁嘆氣。

【60】

志生和樂隊其餘四人出發往美國的一天，芷茹往送機，並在機場即時開了一個直播，歡送志生。

兩人沒有很多親密的舉動，因怕觀眾仍然介懷芷茹的第三者身分，所以有點避忌。

志生則在機場一個安靜的角落裏，拿起結他彈奏一首，他和芷茹最近合作新寫的歌，名〈天涯凝望〉：

執迷於不悔的愛情
仍然佇立在黑夜守候
孤獨地忍受寂寞的氛圍
於茫茫人海中尋找靈魂伴侶
人說那近乎是一種痴妄
愛情是種帶毒的催化情愫
只有免疫能力的才配追求

踏破鐵鞋尋覓的愛人
你是否需要一雙溫柔的手
輕撫你的臉和傷口
你是否需要一對靈慧的眼睛
把你的孤寂看透
你是否需要一位親密戰友
和你一起四海遨遊
尋一個烏托邦
天涯凝望
海角漂流

【61】

文俊終於按耐不住，再次登門造訪莉盈，來應門的竟是林耀君。

二人默然對望一刻，嘗試埋藏一觸即發的敵意。

文俊先開口問：「我想見莉盈。」

耀君答：「但她不想見你。」

「你憑甚麼代她發言？」文俊罕有地動氣了。

耀君反唇相向：「你知道她懷胎是我的孩子吧。」

文俊當場如被擊中要害，一向文質彬彬的他，臉上漲紅起來，不知如何反擊。

「你不要再騷擾她，她已把你忘記，我才是跟她廝守一生的人。」耀君咄咄逼人，誓要把文俊全面逼退。

文俊完全處於下風，但又不甘心就此離去。「我要跟她見一面，親自說清楚。」

「她早已跟你說得很清楚，是你不肯放手而已。你若不走，我會報警處理。」耀君恃勢凌人，只因屋內的莉盈正醉倒熟睡。

文俊半生未嘗遇上這樣的屈辱，身為一個大國手，在情場上竟遭遇這樣的滑鐵盧，實在非常難堪和折騰。

看著面前的耀君冷笑連連，一副得勢不饒人的樣子，文俊尊嚴受損，只好悄然告退。

【62】

凌晨一時，芷茹輾轉反側在床上，數算著志生應該已抵達美國超過八小時以上，但仍未收到他報平安的訊息。

手機正放在床頭，調教至最大聲的響鬧，怕錯過了他的來電。

再過一刻，終於沉不著氣，她起來開著電腦，搜尋他們在拉斯維加斯入住的酒店電話，然後以長途直接撥電過去詢問，看志生一行人有沒有入住的登記。

但對方翻查紀錄答覆沒有，芷茹心生奇怪，且有一種不祥的預兆冒起，令她如坐針氈。

正在此時訊息響起，是 Simon 的留言說：他們在機場往酒店途中，遇上大車禍，一行五人全部受傷。

特別是坐在司機位旁邊的志生受重創，現正昏迷在深切治療部，接受 CT 掃瞄和進一步監察。

芷茹一下子方寸大亂，打算馬上買機票起行往當地。

Simon 卻制止她，說先觀察兩天然後再作決定。必要時有旅遊保險賠償安排，可以把志生運返香港醫治，請芷茹耐心等候。

Simon 然後再問：志生在香港的醫療保險條款，她知道嗎？

芷茹說不知道，恐怕保單資料在白綺薇的手上。

Simon 解釋：必須要把保單的資料找出來，才能轉送志生往香港的醫院繼續接受治療。

那真是一個大考驗的時刻，芷茹沒有把握能夠聯絡上白綺薇，並尋求她的幫助。

她感到前所未有的焦慮和牽掛，一定要想出辦法來。

【63】

芷茹急如熱鍋上的螞蟻，因為她通過網上搜尋到白綺薇的經理人公司，撥了數通電話去留言，都未獲回覆。

志生在美國的情況未敢樂觀，剛脱離危險時期，相信是受到腦震盪的傷患，仍然昏迷。兩天後 Simon 和其餘隊友已經出院，正和旅遊保險公司交涉，要辦手續將志生以私人飛機運送出境。

芷茹得悉志生的處境危殆，便當機立斷在家裏開了一個直播，將志生遇上意外的事情詳述一遍。呼籲懇求白綺薇伸出援手，交出志生的醫療保險。

因為芷茹情真意切，卑躬屈膝下數度落淚，感動了大批觀眾，紛紛留言支持。

這段視頻經瘋傳後，瀏覽人數竟達五十萬人次，使白綺薇不得不露面回應。

她約芷茹在她的辦公室會晤，當場交出志生的保單，並揚言永不再見面。

芷茹很謙恭的道謝離去。

【64】

仍在昏迷的志生，由私人飛機載運返香港，然後直接送至私家醫院的深切治療部。

芷茹已在醫院守候多時，待所有手續辦好後，才能入房見志生一面。

只闊別了數天，芷茹的心情已經像哀傷了一世紀，她用手輕撫他的臉，感覺他好像在死門關外徘徊一樣。

醫生給她的忠告是跟病人多説話，希望提高他甦醒復原的機會。

芷茹遂在他耳邊輕哼著他們所作的歌，唱著唱著不禁淚如雨下。

已經駐守在病房超過三小時，看護入內請她離去，芷茹依依不捨追問主診醫生，志生清醒的機會有多大？

主診醫生説，那要看病人的意志力夠不夠堅強，未來七十二小時是關鍵時刻。

芷茹的心像墜了百噸的鉛，痛不可當，在病房門外不慎跪下，哭得一塌糊塗。

【65】

抹乾淚後，芷茹在醫院門外遇上Simon，他帶著一個老伯伯和一個少女給她介紹認識，原來是志生的爸爸和妹妹。

芷茹有點靦腆地問好一聲，不知道志生爸爸對她有甚麼觀感，也不想在這時候大費周章解釋。

截了計程車，芷茹不是直接返家，而是去莉盈的家中探訪她。

聽聞她的近況不妙，擔心志生之餘亦擔心莉盈的狀態，摯愛和摯友同遭厄運，她只能慨嘆天意弄人。

短短二十分鐘車程，累極的芷茹竟在車廂中打瞌睡，到達後才匆匆忙忙付款。

在莉盈門外按鈴，來應門的是林耀君，他開門時輕蔑地說了一聲，你們是約定的嗎？王文俊剛好離去。

芷茹一直對林耀君沒有好感，覺得他仗勢凌人喧賓奪主，搶入門內看見莉盈正在熟睡。

「我想帶她去看心理醫生，我在這裏等她醒來，你可以離去了。」芷茹老實不客氣地下逐客令。

耀君面有慍色反唇相譏：「這數天來一直是我在照顧她，妳憑甚麼叫我離去！」

「你不要欺人太甚和乘人之危！莉盈此刻的情況很脆弱，很容易作出錯誤的判斷。」芷茹的詞鋒尖鋭毫不留情，因她替文俊非常不值。

正在此刻，莉盈醒轉過來，看見耀君和芷茹二人在拌嘴，大為詫異。

【66】

每天定時去醫院探望志生的芷茹，由開始的樂觀漸漸演變成悲觀。

已經一星期過去，志生的情況並沒有好轉過來。

今天剛好遇上他爸爸再度來訪，芷茹很有禮貌地稱呼他世伯您好。

他爸爸的語氣卻很重地說：「正是因為妳，他才變成今天的模樣，妳不感到慚愧嗎？」

聽到這樣苛刻的指責，芷茹暗吃一驚，一時間不知如何解釋，他爸爸想必是受了傳媒偏頗的報道影響。

「世伯請不要誤會，我和你一樣擔心志生的安危，只要他好轉，我願意做任何事情。」

他爸爸並沒有心領她的好意，只問道：「他有立下遺囑嗎？他的遺產由誰人承受？」

芷茹終於聽到他爸爸的來意，弦外之音感到異常心寒，難怪志生從來不願意提及他。

「世伯放心好了，你是他唯一的直系親屬，他若有不測，遺產一定全歸你所有。」芷茹說出事實，但他爸爸肯定不知道，志生的經濟情況其實相當拮据。

有這樣的至親，難怪志生當初願意投入白綺薇的懷抱。

志生一直渴求的，正是他一直所缺乏的，沒有愛，人生形同枯萎。

【67】

莉盈已銷假返回公司，合指一算，最後一次見文俊，已經是兩星期前的事。又得悉志生的病況，讓她的心情再次沉至谷底，上班仍是心緒不靈。

耀君則恍似長駐她家裏一樣，每天下班後為她打點吃喝，將全副心神放在她身上。她不是不感激，但始終無法愛上他，現階段不宜開口拒絕，他今天夜裏又安排了去聽音樂會。

但莉盈情緒甚為低落，跟他說取消約會，然後沒等到下班時分，獨自去了蘭桂坊的酒吧借酒消愁。

卻想不到二十分鐘後，便見林耀君到來大興問罪之師。

莉盈感到很奇怪，他為何總是得知她的行蹤呢？因此跟他大吵起來！

林耀君捉著她的雙臂，想強行將她帶離酒吧，莉盈奮力掙扎間，竟被林耀君打了巨大的一巴掌！

莉盈馬上嚇呆了，一直備受男友萬般寵愛的她，沒想過會發生這種事情，呼天搶地叫起來。

林耀君截了計程車，粗暴地將莉盈一把推進車廂內，莉盈一直嚎哭和擔驚受怕，直至抵達林耀君的家，他半拉半扯把她強行拖進入屋內。

【68】

「我不是教徒，但我今天在這裏衷心希望各位，為我祈禱代求，讓我的男朋友夏志生康復過來。他已昏迷十天以上，我祈求上主賜他平安健康。

我很愛他，知道他亦很愛我，現在這段黑暗時期，是對我們二人愛的考驗。

我會繼續開直播，和大家分享他的狀況，直至他清醒過來，重新與我一起為大家讀書唱歌。

請愛護我們的朋友，為我們送上祝福。」

以上這段是芷茹直播上的獨白，坦率地流露了真摯的情感和愛念，感動了更多網友的鼓勵和支持。

更甚有廣告商開始接觸她，希望贊助她的節目，但芷茹要等志生好轉過來才作決定。

他們那堅貞不二的愛情故事，瞬間在網上流傳大放異彩，一洗過去惡劣的頹勢。

據聞，上帝是聽禱告的。

接下來的好消息，是志生終於甦醒過來，芷茹馬上飛奔往醫院。

【69】

凌晨時分，文俊收到電話訊息，起初他以為是醫院呼召他，因有緊急的意外，但他仔細一看後，馬上跳躍起來。

匆忙更換衣服，趕到留言上的地址，也就是林耀君的家。

他到達後拍門沒有得到回應，卻聽到室內有激烈爭吵的聲音，他恐防莉盈出意外，馬上召喚警察。

他心急如焚在門外等候，幸好短時間內警察已到場，跟文俊初步瞭解情況後，便喝令屋內的人開門。

此時的林耀君不得不回應，大門打開後，見莉盈瑟縮在廚房的一角內渾身顫抖，有被毆打過的痕跡。

文俊一個箭步衝上前擁抱著她，莉盈的情緒完全失控了，大力攬著文俊不放，嚎啕大哭大嚷：「不要走不要離開我！」

文俊把她擁得更緊，心痛地安撫她：「別怕，別怕，我在這裏，沒有人可以傷害妳！」

警察在警誡林耀君後，基於眼前的事實判斷，很明顯地屬於家暴事件，於是將三人同時帶返警署問話。

期間文俊對莉盈呵護備至，將她緊緊擁在懷抱中猶如連體嬰一樣，林耀君卻一直以歹毒的眼神，掃射二人。

【70】

志生張開眼睛的時候，對週遭的環境一片茫然，努力思索回憶發生車禍前的情景。不是一無所知，但記憶是零碎的，全身乏力口渴。

正在這時芷茹抵達，看見志生的的一刹，有上前親吻他的衝動。但志生的上半身插滿了喉管，芷茹上前輕握著他的手，忍著淚吻了一下：「很掛念你呢。」

志生張開嘴說話，卻發不出聲音來，想是因為昏迷了個多星期，需要重新練習開腔講話。

芷茹意識到他的困難，很溫柔地安慰說，因昏迷了一段長時間，慢慢來不要著急。

主診醫生和護士進來，芷茹退在一旁。

「CT掃瞄顯示，他的大腦受到嚴重震盪，但幸而沒有導致血管破裂，所以復原的機會很高，是不幸中的大幸。」主診醫生這樣說。

芷茹聽後鬆一口氣，問志生甚麼時候能夠出院？

醫生說最快一星期，但要定期回來覆診，芷茹安心下來，志生也聽懂了。

橫跨兩地經歷生關死劫，令芷茹更珍惜與志生的關係和感情，她立下決心，不會再讓志生獨自上路。

天涯海角共赴，日月星辰作證，情深一往，不離不棄。

【71】

步出警署的一刻，文俊仍是緊緊握著莉盈的手，過去一小時內，從沒有放開。

三人已分別錄口供，林耀君將會被起訴蓄意傷人罪，暫時獲准保釋，但控方下令不能騷擾證人，所以莉盈安心了。

另外警方亦證實，莉盈的手機內早被安裝了監視軟件，想是一夜情當晚的勾當，這便是為何林耀君得悉她所有的行蹤和去向。

有暴力傾向和操控狂的情痴，比萬惡不赦的歹徒更危險。

「去我家休息好嗎？」文俊很溫柔地問。「我想親自給你煮早餐。」

莉盈把頭挨在他肩上，失而復得的感覺很好，深愛的人縱使經歷百般磨練挫折，最終亦能返回身邊，她萬分感恩。

文俊的著緊和為她所作的一切，已表明了他無私的大愛，遠遠超越莉盈所想像。

「你原諒我嗎？」莉盈怯弱的問一句。

文俊馬上打斷她：「過去的事便讓它過去，我們展望明天。」

【72】

芷茹在直播上，公布了志生康復的好消息。

她感謝大家為志生集氣祝福，此時「痴戀您」這個頻道的訂閱量，已超過六十萬人。

出版商亦證實了要加印小説，因為有人開始搶購芷茹的舊作。

志生所唱的主題曲，在網上流傳了很多個版本，一下子爆紅起來，很多人談論他們的故事。

有網台邀請芷茹和志生做訪問，亦有很多贊助商願意落廣告，芷茹逐一答允了。

這是她和志生命運的轉捩點，要好好把握。

網絡世界真的不可少覷，風起雲湧，它能叫你下地獄，也能讓你上雲霄。

必須捉緊每一個機會，發揮最大的所長。

要不然，人一走，茶便涼。

【73】

莉盈經過一夜的折騰，在文俊的家小睡了一會。起來後看見文俊在電腦前工作，她踮足走到他身後，雙手環抱著他的腰，情深地吻他一下。

文俊立即停止手上的工作，把她抱坐在膝上。

「你不用返醫院當值嗎？」莉盈輕聲問。

「我跟夜班的同事調動了時間，可以陪你吃午餐。」接著從袋裏掏出那隻求婚的戒指，重新為莉盈戴上。「這不能再脫下來。」

莉盈輕撫著這隻戒指，心裏像倒翻了五味架。

她幾乎將一段美好的姻緣親手斷送了，心裏暗暗發誓，要愛面前這個男人，直到地老天荒。

「我們再擇日結婚好嗎？」莉盈用試探的口吻。

文俊答：「當然好，我們明天去排期。」

【74】

這天志生的父親也收到通知，志生將會出院的消息，親身到來。

芷茹正在辦理出院手續，看見他來便禮貌地稱呼一聲，但他卻聽而不聞，直接往志生的房間走去。

其後芷茹入內看見父子二人，相敬如冰的對望著，虛弱的志生面上看不出有任何喜悅的神色。

其父親馬上喝令芷茹：「我跟律師商量過，志生應該要立一張遺囑，他明天便可以上律師樓簽紙。」

芷茹再好脾氣也快忍不住，為甚麼在這種時刻提出這種事情？

志生的臉色更如玄壇一般，有氣無力地說：「我們可以登報脫離父子關係。」

他父親沒料到有此一著，愍著氣不能言語，芷茹嘗試打圓場：「世伯，志生的傷勢才剛復原，你提出的事情，我們日後再商討。」

「你們二人是聯手對付我了，是不是？我只有你這個兒子，我不倚靠你可以倚靠誰？」

芷茹為怕引起更大的衝突，藉口為志生換衣服，請他父親外出。他父親見處於劣勢，終於拂袖而去，芷茹鬆一口氣。

【75】

今天家裏再度熱鬧起來，為慶祝志生康復，芷茹的父母堅持要一起吃飯。

芷茹牽著志生的手入屋，小弟馬上纏著志生，給他看打遊戲機的成績。

芷茹在廚房幫忙母親上菜，姑媽和姨媽都來了，噓寒問暖的問候志生，讓他感到非常窩心。

席間芷茹的母親提問，兩人是否會考慮結婚？芷茹的臉馬上紅了一截。

志生立即搶答：「世伯伯母請放心，我一定會給芷茹幸福，讓我先把事業的基礎打好，儲夠錢買一棟房子，我便會與芷茹結婚。」

這時父親突然拿出一個信封來，交給志生：「這是我們的一點心意，請收下。」

志生有點錯愕，打開信封內見是一張百萬元的支票。

芷茹也看到了，兩人忙把信封退回給父親。

志生說：「世伯伯母，這我們不能收下，我和芷茹會努力建設未來，你們請放心。」

此時母親馬上幫口說：「這是借給你們的，要還哦，還要付利息呢，所以收下吧。」

芷茹和志生對望一眼，對比志生的父親，芷茹這一家人，親情如旭日暖透人心。

【76】

月光灑滿一地，文俊和莉盈手拖手在公園內散步。

最近文俊一改以往常態，抽調很多空閒時間陪她，好像要補償一些甚麼，卻令莉盈覺得更加慚愧。

「妳想去哪裏度蜜月？」文俊有備而來地問。

莉盈答：「不急，等你醫院內的工作沒有那麼繁忙，我們再商量。」

「我已跟院方申請了三星期大假，妳不是喜歡看高第的建築嗎？我們去西班牙、馬德里、巴塞隆拿好嗎？」

莉盈很開心滿足地笑了。這個話題是他們拍拖初期她所提起過，而他竟然牢牢記住，可想而知她在他心裏的地位一直很重要，而她竟然質疑過。

正沉醉在溫馨愛意中的兩人，不為意間見旁邊的草叢走出一個蒙面的人來，手持著一柄牛肉刀，飛身撲向文俊砍過去。

說時遲那時快，莉盈驚叫了一聲，馬上擋在文俊的身前，那柄刀直插入她的腰間！

嚇壞了的文俊，力歇聲嘶地高呼求救，用盡畢生之力將兇徒推開。

附近的行人聽到了呼叫聲，前來看過究竟，合力制服了想逃跑的兇徒。
文俊抱著重傷渾身是血的莉盈，顫抖著用手機報警求助。

【77】

志生和芷茹收到了消息，馬上趕到醫院急症室。

見面無血色的文俊，芷茹快速上前擁抱他，安慰他說莉盈必定會吉人天相，不要擔心。

此時莉盈的家人也陸續到達了，瞭解情況後，在休憩間一同等候。

為文俊落口供的警員，透過通報已證實兇徒的身分，正是患了「兩極性情緒障礙」的林耀君，目前在羈押中。

守候幾近兩小時後，醫生終於出來報告，莉盈因失血太多，院方雖大量輸血，但仍未度過危險期。

「我可以進去見她一面嗎？」悲傷至不能形容的文俊問。

「暫時不可以，你們明天再來吧。」醫生忠告後便離去。

莉盈的家人抱頭痛哭，文俊則跌坐在長椅上，雙手掩面淚水從他指縫間緩緩滲出。

他是醫生，明白這個時候的莉盈很危殆，生死一線間，但他卻束手無策。

芷茹和志生看著好不心痛，欲語還休，最後扶起文俊，與莉盈的家人一起步出醫院。

【78】

經過三個月來的努力，「痴戀您」這個頻道已非常受歡迎，志生和芷茹迅即變成了網紅。

志生繼續創作他的歌曲，芷茹亦開始提筆重新寫作，二人非常合拍和成功，收入因此大增。

志生最近大熱的一首歌唱到街知巷聞：

告別時間的洪流
仍然獨舐傷口
穿過黑髮是你的一對手
似有還無一抉飄拂衣袖
呢喃呢喃是你嗎
慰藉褪色靈魂輕私語
輕撫夢迴空虛的顫抖

我心快要撕裂
無悔守候一生的背影
如何能讓你走
如何
捨得
放手

一天開直播期間，志生忽然跪下求婚，芷茹既驚且喜，在數以十萬觀眾面前答應了終身大事。

二人開始籌備簡單的婚禮，且將百萬元的支票，退回給芷茹的父母。因他們已儲足夠首期，買了一棟五百呎小小的公寓共諧連理。

婚禮當天在酒店室外花園舉行，只邀請至親和好友約三十名，一同見證他們的喜悅。文俊獨自前來送上祝福，芷茹看見他的一刻，眼眶不禁紅透了。

「我們跟你一樣懷念莉盈，她會在天堂關注我們，我肯定她今天與我們在一起。」芷茹柔聲地說。

文俊點點頭：「我上星期剛領洗了成為基督徒，相信莉盈安息主懷，將來我們會在天家重聚。」

芷茹看著神情自若的文俊，頃刻領悟了原來最終是信仰的力量，給他帶來重生和希望。

「你要答應我們好好活下去，有約會不要推啊。」志生也從旁囑咐。

「我此生不可能再愛上別人，獨身下去也不會有遺憾，因為我已轟轟烈烈地愛過了。」文俊的宣告，令志生和芷茹感動不已。

此時弦樂奏起，志生芷茹一起攜手踏上紅地氈，莊重地立下至死不渝的誓言。

或貧或富，或悲或喜，執子之手，與子偕老。

吳洛曦作品集

痴戀您

作　　者：吳洛曦
責任編輯：黎漢傑
封面設計：Gin
法律顧問：陳煦堂 律師

出　　版：初文出版社有限公司
　　　　　電郵：manuscriptpublish@gmail.com

印　　刷：陽光印刷製本廠

發　　行：香港聯合書刊物流有限公司
　　　　　香港新界荃灣德士古道 220-248 號荃灣工業中心 16 樓
　　　　　電話 (852) 2150-2100 傳真 (852) 2407-3062

臺灣總經銷：貿騰發賣股份有限公司
　　　　　　電話：886-2-82275988 傳真：886-2-82275989
　　　　　　網址：www.namode.com

新加坡總經銷：新文潮出版社私人有限公司
　　　　　　　地址：71 Geylang Lorong 23, WPS618 (Level 6), Singapore 388386
　　　　　　　電話：(+65) 8896 1946 電郵：contact@trendlitstore.com

版　　次：2022 年 5 月初版
國際書號：978-988-76253-3-9
定　　價：港幣 88 元 新臺幣 270 元

Published and printed in Hong Kong

香港印刷及出版